Chapitre 13
13
NIVEAU...
4 000 ?!?
VLAP

オオ

MES ÉCLAIRS L'ATTEIGNENT ET POURTANT...
IL NE SUBIT AUCUN DÉGÂT !
NOS FACULTÉS SPÉCIALES N'ONT PAS D'EFFET SUR LUI...
JE N'AI JAMAIS VU ÇA...
MAIS ALORS... NOUS N'AVONS AUCUNE CHANCE DE GAGNER !
NOTRE GUILDE...
EST TOTALEMENT IMPUISSANTE...

BON SANG !
CLANG
BOBOBOM
MINCE !
BOBOM
MAIS QU'EST-CE QU'IL SE PASSE ?
CLANG
SHHHH...
FLAP

MENU

THE WORLD'S FASTEST LEVEL UP

ŒUVRE ORIGINALE : NAGATO YAMATA
ADAPTATION : ATSUSHI SUZUMI
CHARACTER DESIGN : FAME

LEVEL

3

オオオOOOOMオ

NOUS ÉTIONS CONVAINCUS DE TERRASSER DES ENNEMIS BIEN SUPÉRIEURS À NOUS JUSQU'À PRÉSENT...
MAIS NOS FACULTÉS UNIQUES EN FAISAIENT DES PROIES FACILES, À NOTRE PORTÉE !
EN REVANCHE, CET ORC GÉNÉRAL...
IL NE FAIT AUCUN DOUTE QU'IL EST...
GWOOOM
GRUIK
BIEN TROP FORT POUR NOUS !

QUE...
FWUSH
HIII !

ATTEN-
TION !
POF
BROOOOM

BLAM
URGH...
BROOOM
DOM
DOM

FRSH
QUE...
QUOI ?
MON CORPS...
REFUSE DE BOU-GER !
MA BARRE DE VIE...
BIBIP
HP
BIBIP
EST PASSÉE SOUS LES 10 % !
GRAAAOR !
SI ÇA CONTINUE...

BZUUUM
NOUS SOMMES FINIS...
PI... PITIÉ !
CO-COMMENT...
C'EST IMPOS-SIBLE !
JE REFUSE...

DE MOURIR ICI !
ATTAQUE FOU-DROYANTE !
WAAAOU !
AAAAAH !

BLAAAM
BRAOM
!!!
BRR
BRR

FSH
FWOOOM
TOUT LE MONDE...
NON...

GWOOOM
FLAP
ILS RESPIRENT TOUS ENCORE...
MAIS CE N'EST PLUS QU'UNE QUESTION DE TEMPS AVANT QU'ILS N'AIENT PLUS AUCUN POINTS DE VIE...
FSH
CLING
GRRR
!

CLING
CLING
IL RESTE ENCORE UN CHEVALIER...
VSH
J'AVAIS OUBLIÉ...
GVVII
AH...

JE NE PEUX PLUS BOUGER...
ALORS...
TOUT S'ARRÊTE ICI ?
CETTE PORTE...
VA RESTER CLOSE !

PERSONNE NE VA L'OUVRIR…
POUR VOLER À MON SECOURS !
JE NE CROIS PAS AUX MIRACLES…
VLAM
LES HÉROS, ÇA N'EXISTE…
QUE DANS LES ŒUVRES DE FICTION !
QUAND AI-JE FAIT UNE ERREUR ?
LORSQUE JE SUIS ENTRÉE CHEZ LES KING OF UNIQUE ?
LORSQUE JE ME SUIS LAISSÉE EMBARQUER DANS CE PROJET ?
JE NE SAIS PAS…

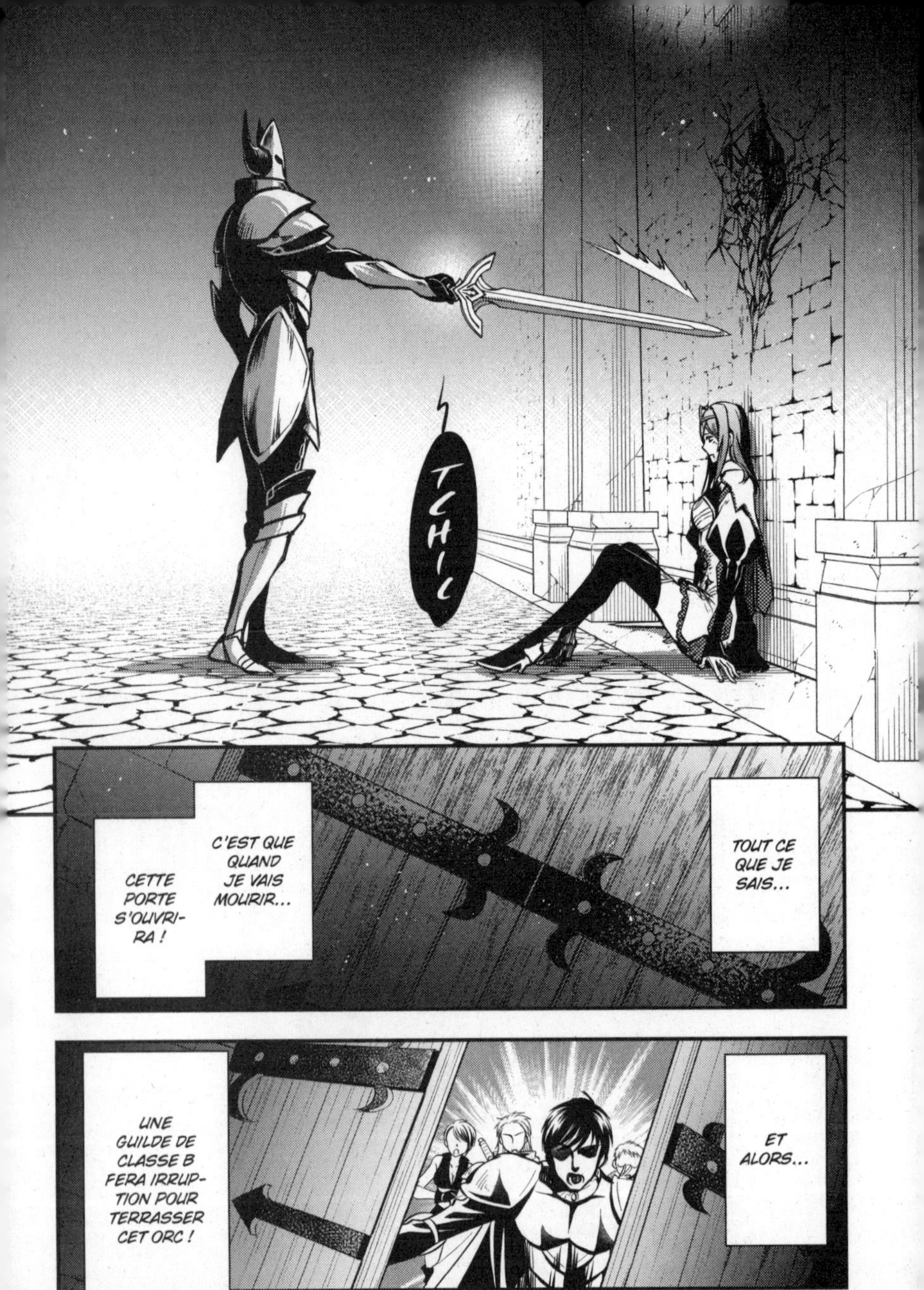
TCHIC
TOUT CE QUE JE SAIS...
C'EST QUE QUAND JE VAIS MOURIR...
CETTE PORTE S'OUVRIRA !
ET ALORS...
UNE GUILDE DE CLASSE B FERA IRRUPTION POUR TERRASSER CET ORC !

AU MOINS...
NOUS AURONS ÉTÉ LES SEULES VICTIMES DE CE DONJON...
FWUM

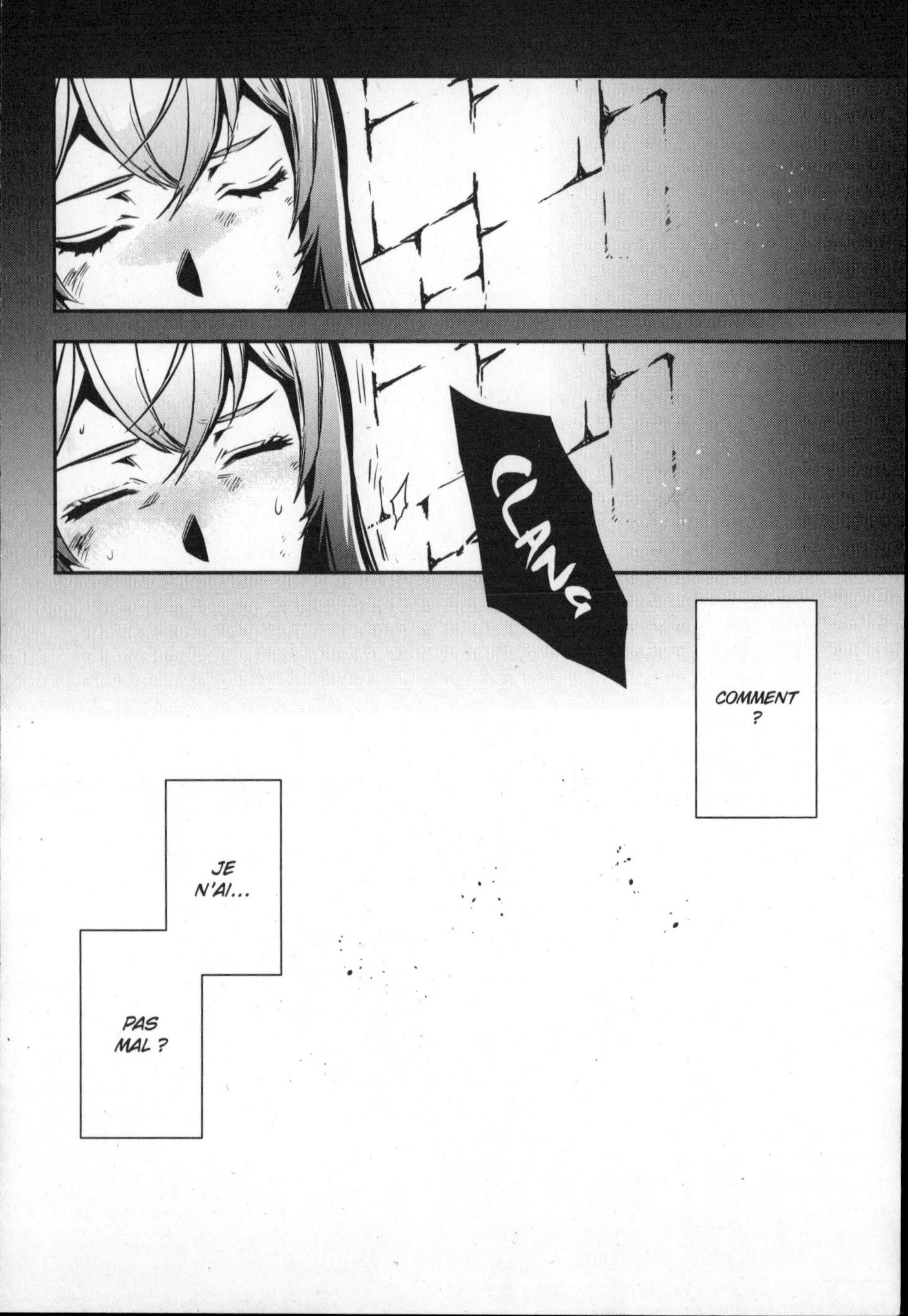
CLANG
COMMENT ?
JE N'AI...
PAS MAL ?

?
CLONG

GROLL
CLAAAANG
POUR...
QUOI ?

DÉSOLÉ...

JE SUIS UN PEU EN RETARD !

ŒUVRE ORIGINALE : NAGATO YAMATA
ADAPTATION : ATSUSHI SUZUMI
CHARACTER DESIGN : FAME

THE WORLD'S FASTEST LEVEL UP

Chapitre 14

SKILL 14

Échange d'informations avec d'autres aventuriers
À LA SURFACE, LES MONSTRES SONT SOUS CONTRÔLE !
YUI !
TU AS ENCORE LA FORCE DE TE RENDRE AU DONJON KENZAKI AVEC MOI ?
OUI, BIEN SÛR !
MOI AUSSI, JE SUIS UNE AVENTU-RIÈRE !
ELLE EST IMPRESSION-NANTE...

ELLE VIENT DE SOIGNER UNE VINGTAINE DE PERSONNES EN À PEINE UNE HEURE…
MÊME AVEC DES POTIONS DE RÉGÉNÉRATION DE MP, C'EST UN RYTHME INCROYABLE POUR SON NIVEAU D'EXPÉRIENCE…
PAS ÉTONNANT QU'ELLE SOIT INVITÉE À REJOINDRE UNE GUILDE !
ALLONS-Y !
DEVANT LE DONJON KENZAKI
BLA
BLA
BLA
BLA

QUE SE PASSE-T-IL ?
IL Y A UNE SACRÉE AGITATION ICI !
BLA ザワ
BLA ザワ
LA GUILDE DU CRÉPUSCULE LUNAIRE ?
ILS SONT SÛREMENT LÀ POUR S'OCCUPER DU DERNIER BOSS DU DONJON...
EUH... EXCUSEZ-MOI !

IL EST ARRIVÉ QUELQUE CHOSE ?
TOUT LE MONDE SEMBLE EN EFFERVES-CENCE...
EH BIEN...
COMMENT ?
KAZAMI ET LES AUTRES SONT DANS LA SALLE DU BOSS ?!?
NOUS COMMUNIQUONS PAR TÉLÉPATHIE AVEC NOS CAMARADES QUI SE TROUVENT DEVANT LA SALLE...
MAIS LA PORTE NE S'OUVRE TOUJOURS PAS ! LA SITUATION DURE DEPUIS UNE DIZAINE DE MINUTES !
IL EST FORT PROBABLE QUE LES KING OF UNIQUE SOIENT EN TRAIN DE COMBATTRE LE BOSS !
La télépathie est le seul moyen de communiquer depuis l'intérieur d'un donjon.

PEUT-ÊTRE QUE DÉGAGER LES COULOIRS N'ÉTAIT QU'UN PRÉTEXTE POUR PÉNÉTRER DANS LE DONJON DEPUIS LE DÉBUT ?
KAZAMI EST TELLEMENT OBNUBILÉ PAR LA RÉPUTATION DE SA GUILDE QUE L'HYPOTHÈSE EST PLAUSIBLE !
LEURS CHANCES DE VICTOIRE SONT MAIGRES MAIS ELLES EXISTENT...
CHACUN D'ENTRE EUX POSSÈDE UNE FACULTÉ SPÉCIALE ET UN NIVEAU AU-DELÀ DES 2 000...
AH
UNE MINUTE !
OÙ EST REI ?
NE ME DITES PAS QUE...
AVEC SON NIVEAU, ELLE N'A RIEN À FAIRE À L'INTÉRIEUR !
JE NE SAIS PAS DE QUI TU PARLES MAIS...
ILS SONT CINQ À ÊTRE ENTRÉS DANS LE DONJON !

...
C'EST SÛREMENT ÇA !
KAZAMI A SÛREMENT DUPÉ REI POUR QU'ELLE LES ACCOMPAGNE !
BWOOOOM
KYAAAH !
QU'EST-CE QUE C'EST ?!?
BON SANG ! L'EFFONDREMENT DU DONJON ENTRE DANS SA DERNIÈRE PHASE !
BLA
NOUS N'AVONS PLUS LE TEMPS !
LE BOSS VA BIENTÔT SORTIR !
NOUS DEVONS TROUVER UN MOYEN DE GAGNER DU TEMPS !
BLA
BLA
ÇA NE SUFFIRA PAS !

L'EFFON-DREMENT DU DONJON VA RENDRE LE DERNIER BOSS ENCORE PLUS FORT !
IL DOIT DÉJÀ AVOIR GAGNÉ EN PUISSANCE À L'HEURE QU'IL EST !
LES AVENTURIERS QUI LE COMBATTENT N'ONT PLUS AUCUNE CHANCE...
DODOM

JE VAIS Y ALLER !
HEIN ?
VLAP
HÉ, OH ?!?
TAP
TAP
RIN ?!?
TAP TAP
TAP

LA TÉLÉPORTATION INTRA-DONJON ME PERMET D'ENTRER SANS PROBLÈME, MAIS...
JE DEVRAI ÉVITER D'ATTIRER L'ATTENTION LORS DE MA SORTIE !
JE VAIS FAIRE SEMBLANT DE PLONGER À TRAVERS LA PORTE !
TÉLÉPORTATION INTRA-DONJON !
TCHIC
BWUM
ATTENDS !
TCHIC

TÉLÉPORTATION INTRA-DONJON !
KWIK
KWIK
J'ESPÈRE ME TROMPER !
TÉLÉPORTATION INTRA-DONJON !
BZUM
PEUT-ÊTRE QUE L'ÉQUIPE DE KAZAMI VA RÉUSSIR À VAINCRE LE BOSS !
KWIK
PAR PITIÉ…
FAITES QU'ILS SOIENT TOUS INDEMNES !

!!!
KNIK

TCHAC

IL EST ENCORE TEMPS !
PERSONNE N'EST MORT !
"SANS-NOM" !
JE DOIS LES SAUVER !

VSH
BWOM
FSH

FWSHHH
TOC
CLANG
CO...
COMMENT ?
CLAAANG

DÉSOLÉ...
JE SUIS UN PEU EN RETARD !
...
KWIK
ÇA SEMBLE GRAVE !

C'EST UNE POTION DE RÉGÉNÉRATION RAPIDE, BOIS LENTEMENT…
ELLE SUFFIT À REDONNER L'INTÉGRALITÉ DE SES POINTS DE VIE À QUICONQUE D'UN NIVEAU INFÉRIEUR À 1 000 !
TOUT VA BIEN MAINTE-NANT !
RIN…
KOF KOF
QU'EST-CE QUE… TU FAIS LÀ ?
JE T'EXPLIQUERAI PLUS TARD !

IL ME RESTE À RÉGLER QUELQUE CHOSE !
QUAND TU AURAS LA FORCE DE TE LEVER, DONNE CES POTIONS À TES COMPAGNONS !
SWIT

オオオ
GWOOOOM
BOSS FINAL
ORC GÉNÉRAL
NIVEAU 4000

GRAOOOR !
GWOOOM
NIVEAU 4 000…
J'AVOUE…
J'AIMERAIS POUVOIR PRENDRE MES JAMBES À MON COU !

DEPUIS L'AFFRONTEMENT CONTRE LE CHEVALIER SANS NOM...
SWIT
TU N'AVAIS PLUS EU L'OCCASION DE MONTRER TA VRAIE VALEUR, ÉPÉE !
URAAAAAOOR !

JE SUIS À TOI, ORC GÉNÉRAL !
TCHAC
TU VAS VOIR COMMENT COMBAT UN AVENTURIER DE NIVEAU INFÉRIEUR !
TSUP

RIN AMANE
NIVEAU : 2773 SP : 210
TITRES : CONQUÉRANT DE DONJON (4/10)
MAÎTRE-BRETTEUR SANS NOM
HP : 22200/22200
MP : 5350/5350
ATTAQUE : 5610 ENDURANCE : 4430
VITESSE : 5950 INTELLECT : 3850
PARADE : 4130 CHANCE : 3760
FACULTÉ : TÉLÉPORTATION INTRA-DONJON – NIVEAU 12
RENFORCEMENT PHYSIQUE – NIVEAU MAXIMUM / PUISSANCE – NIVEAU MAXIMUM
SURPUISSANCE – NIVEAU 3 / DÉPLACEMENT RAPIDE – NIVEAU MAXIMUM / GRAND VENT – NIVEAU 3
RENFORCEMENT MAGIQUE – NIVEAU 2 / RÉTABLISSEMENT MAGIQUE – NIVEAU 2 / PERCEPTION – NIVEAU 4
DISSIMULATION – NIVEAU 4 / RÉSISTANCE AUX ALTÉRATIONS D'ÉTAT - NIVEAU 1
ÉVALUATION
COFFRE À OBJETS – NIVEAU 5
ÉPÉE DU CHEVALIER SANS NOM
• ARME UTILISÉE PAR LE CHEVALIER SANS NOM
• NIVEAU RECOMMANDÉ POUR UTILISATION : NIVEAU 2000
• +2000 EN ATTAQUE
• DANS LE CAS D'UN COMBAT CONTRE UN ENNEMI (HUMAIN OU MAGIQUE) D'UN NIVEAU SUPÉRIEUR, TOUS LES ATTRIBUTS DE L'AVENTURIER (HORS HP ET MP) SONT AUGMENTÉS DE 30 %.

HE WORLD'S FAS

EVEL UP

ŒUVRE ORIGINALE : NAGATO YAMATA
ADAPTATION : ATSUSHI SUZUMI
CHARACTER DESIGN : FAME

Chapitre 15
SKILL 15

BWOM
CLANG

SWIT
FSH
FSH
BZWUUM
FSH
FSH
FSH
CLONG
FSH
FSH
FSH
FSH
FSH
FSH

LE COMBAT EST RUDE !
UN SEUL DE SES COUPS PEUT M'ENVOYER AU TAPIS...
TANDIS QUE, MALGRÉ LA MULTIPLICATION DE MES ATTAQUES, IL NE SUBIT QUASIMENT AUCUN DÉGÂT...
SI L'ASSAUT S'ÉTERNISE, MA CONCENTRATION VA PROGRESSIVEMENT S'EFFRITER...
MAIS JE N'AI PAS D'AUTRE CHOIX QUE DE CONTINUER !

FRAPPE ET ESQUIVE !
JE NE SUIS PAS ASSEZ FORT POUR ADOPTER UNE AUTRE STRATÉGIE !
PRODIGIEUX ...
Elle a évacué ses compagnons après leur avoir administré les potions.

DODOM
DODOM
DODOM
JE NE COMPRENDS PAS...
COMMENT RIN A-T-IL PU PÉNÉTRER DANS CETTE SALLE ?

ET SURTOUT, COMMENT PEUT-IL RIVALISER AVEC CE BOSS DE FIN DE DONJON…
ALORS QU'IL Y A UNE SEMAINE À PEINE, NOUS ÉTIONS À PEU PRÈS DE MÊME NIVEAU ?
OUI…
VOILÀ…
IL NE FAISAIT QU'ENTRAVER LES PROGRÈS DE LA GUILDE…
CE RIN AMANE…
N'AVAIT PAS LE NIVEAU POUR NOUS REJOINDRE !
LA TÉLÉPOR-TATION INTRA-DONJON… TU PARLES D'UNE FACULTÉ SPÉCIALE !

TÉLÉPORTATION...
INTRA-DONJON ?
SI, COMME SON NOM L'INDIQUE, SA FACULTÉ LUI PERMET DE CIRCULER LIBREMENT DANS LES DONJONS...
UNE PORTE CLOSE NE SUFFIT PAS À L'ARRÊTER !
MAIS...
SES PROGRÈS FULGURANTS...

AH !
HIER, J'AI TERMINÉ UN DONJ...
HOF HOF !
ごほんっ
J'AI PARCOURU UN DONJON !
DONC AUJOURD'HUI, JE SUIS DE REPOS !
SE POURRAIT-IL QUE...
SI CE QUE JE CROIS EST VRAI...
ALORS...

RIN POSSÈDE LE POTENTIEL POUR DEVE-NIR...
LE PLUS PUISSANT DES AVENTURIERS DU MONDE !
EST-CE QUE...
C'EST VRAIMENT POSSIBLE UN TRUC PAREIL ?

SI NOUS SORTONS D'ICI VIVANTS...
J'AURAI TOUT LE TEMPS DE VÉRIFIER CETTE HYPOTHÈSE !
TU DOIS GAGNER...
RIN !

JE SUIS CONSCIENT...
D'ÊTRE ENCORE UN PIÈTRE COMBATTANT !
TSAP
MAIS À FORCE D'AFFRONTER DES ENNEMIS D'UN NIVEAU SUPÉRIEUR AU MIEN...
J'AI COMPRIS UNE CHOSE : EN COMBAT, LES ÉMOTIONS SONT DES ENTRAVES !

TCHAC
JE DOIS ME LIBÉRER DE...
TOUT ORGUEIL, TOUTE SUFFISANCE ET TOUTE CRAINTE !
C'EST À CETTE CONDITION QUE...
UFOOAR !
JE SERAI EN MESURE DE ME CONCENTRER ENTIÈREMENT SUR L'ADVER-SAIRE EN FACE DE MOI !

AFIN D'ATTRAPER LE FIL PRESQUE INVISIBLE DE LA VICTOIRE QUI FLOTTE DEVANT MES YEUX...
FSH
FSH
FSH
UN FAIBLE AVENTURIER COMME MOI DOIT MISER LE TOUT POUR LE TOUT !
FSH
FSH

ALORS SEULEMENT, LA PEUR CHANGERA DE CAMP !
VLAP
GRAAAOWR !
TSAP
RESTE ICI !
BZUM

BRAOM
FLAP
FLAP

JE NE PEUX PAS ME CONCENTRER SUR TOUS CES DÉBRIS…
SOUS PEINE DE RALENTIR MES MOUVEMENTS ET DEVENIR UNE CIBLE FACILE !
DONC, JE DOIS UTILISER…
TING
"DÉTECTION" !
D'HABITUDE, J'UTILISE CETTE FACULTÉ POUR TROUVER LES OBJETS MAGIQUES…
MAIS EN RÉALITÉ, ELLE PERMET DE DÉTECTER TOUTE FORME DE MAGIE DANS UN PÉRIMÈTRE DÉFINI…
CES GRAVATS PROVENANT DES MURS ET DU SOL DU DONJON, ILS SONT DONC DE NATURE MAGIQUE !

AINSI, J'AI UN MOYEN DE LES ESQUIVER FACILEMENT !
FWUUUM
?!?

BZUM
VLAP
GWII
BWOM
RIN, ATTEN-TION !

SANS SA HACHE, SES MOUVEMENTS ONT GAGNÉ EN RAPIDITÉ !
JE NE PEUX PAS L'ÉVITER...
DÉSOLÉ MAIS...
J'AI DÉJÀ CONNU DES SITUATIONS SIMILAIRES !
GWSH

BRAOOOM
FWSH
BLOM
GRAND VENT – NIVEAU 3
• +30 % EN VITESSE (UTILISE 10 MP / SECONDE)

SWIFT
GWSH
À MON TOUR MAINTE-NANT !
PRENDS ÇA !

FSH...
SURPUISSANCE
• +30 % EN ATTAQUE (UTILISE 10 MP / SECONDE)
TU ES À MA MERCI !

FSH
EN GARDANT "GRAND VENT" ET "SUR-PUISSANCE" ACTIVÉS...
MP
MA BARRE DE MP DIMINUE À GRANDE VITESSE... MAIS JE NE PEUX PAS M'Y ATTARDER !
FSH
IL FAUT QUE LE PROCHAIN ASSAUT SOIT LE DERNIER !
FSH
FSH
WOUAAAAAH !
FSH
FSH
FSH

TCHAC
TCHAC
TCHAC
TCHAC
TCHAC
TCHAC
TCHAC
J'Y SUIS PRESQUE !
GRAOOOR !
ROOOH !

BWOOOM
!!!
FRSHHH
GWII
CLANG
FRSHHH

GRAAAAOWR!
...
HMPF!
GRR!

GRAOR ?!?
NON...
RIN...

FSHHH
?
?
?
TSAP
BZUUUM

AH
FSH
GRAOWR!
TROP TARD !

FLAP
FLAP
BZUM
AVEC ÇA...
FLAP
TU ES FINIIII !

TCHAC
TSUP

SWIT
SPOF
FSH
FSH

SPLOTCH

C'EST TERMINÉ...

REI !

VOUS AVEZ BATTU LE DERNIER BOSS !
GRÂCE À VOS POINTS D'EXPÉRIENCE, VOUS OBTENEZ 233 LEVEL UP !
EN RÉCOMPENSE SPÉCIALE POUR AVOIR BATTU LE DERNIER BOSS…
VOUS OBTENEZ 150 LEVEL UP !
VOUS OBTENEZ LE TITRE DE "EXÉCUTEUR FINAL (ERREUR)" !

ŒUVRE ORIGINALE : NAGATO YAMATA
ADAPTATION : ATSUSHI SUZUMI
CHARACTER DESIGN : FAME

THE WORLD'S FASTEST LEVEL UP

ŒUVRE ORIGINALE : NAGATO YAMATA
ADAPTATION : ATSUSHI SUZUMI
CHARACTER DESIGN : FAME

THE WORLD'S FASTEST LEVEL UP

Chapitre 16

SKILL 16

RIN...

MERCI…
TU NOUS AS SAUVÉ LA VIE !
DE RIEN !
SI TOUT LE MONDE EST SAUF, ME VOILÀ SOULAGÉ !
JE LE PENSE SINCÈRE-MENT…
VSH
JE VOIS…

COMME JE LE PENSAIS, KAZAMI A PRIS CETTE INITIATIVE SEUL !
AU FINAL, HEUREUSEMENT QUE PERSONNE N'A TROUVÉ LA MORT ICI !
IL A MIS EN DANGER LA VIE DE SES COMPAGNONS !
J'ESPÈRE QU'IL RÉFLÉCHIRA LONGUEMENT À SES ACTES !
NOUS SOMMES TOUS FAUTIFS...
NOUS N'AVONS PAS SU LE CONVAINCRE D'ABANDONNER SON IDÉE !
REI...

POF
RIN ?
...

RÉJOUISSONS-NOUS POUR LE MOMENT...
TOUT LE MONDE EST SAIN ET SAUF !
OUI...
TU AS RAISON...
AH !
OUI !

JE DOIS TE POSER UNE QUESTION !
COMMENT AS-TU FAIT POUR ARRIVER JUSQU'ICI ?
LA PORTE DE LA SALLE DU BOSS ÉTAIT VERROUIL-LÉE !
GLOUPS
EUH... JE...
LA TÉLÉPORTA-TION INTRA-DONJON...
C'EST ÇA ?
TU... TU ES AU COURANT ?
BON... SI CE N'EST QUE ÇA, CE N'EST PAS ENCORE TROP COMPROMET-TANT...
QUESTION SUIVANTE !

EST-CE QUE LA TÉLÉPORTATION INTRA-DONJON TE PERMET...
D'ENTRER DANS DES DONJONS PENDANT LES PÉRIODES DE SPAN ?
EUH... NON...
JE VOIS ! ÇA VEUT DIRE OUI, ÇA...

MAIS ! JE VIENS DE DIRE NON !
NE T'INQUIÈTE PAS !
JE NE DIRAI RIEN !
SI QUELQU'UN APPRENAIT LA RAISON DE TES PROGRÈS FULGU-RANTS...
TU IRAIS AU-DEVANT DE GROS ENNUIS...
BON, JE CROIS QUE ÇA NE SERT À RIEN D'ESSAYER DE NOYER LE POISSON AVEC ELLE...
AAAH
MERCI DE T'INQUIÉ-TER POUR MOI !
TU PEUX GARDER MON SECRET POUR TOI ?
HÉ HÉ
BIEN SÛR ! JE NE VAIS QUAND MÊME PAS TRAHIR MON BIENFAI-TEUR !

JE TE FAIS CONFIANCE ALORS !
OK !
CE QUI SUIT VA POSER PROBLÈME EN REVANCHE…
UNE FOIS DE RETOUR À L'EXTÉRIEUR, IL FAUDRA BIEN EXPLIQUER COMMENT TU AS VAINCU LE BOSS…
JE VAIS BIENTÔT ME TÉLÉPORTER…
LORSQUE LE BOSS D'UN DONJON EST BATTU PENDANT UN EFFONDREMENT, LA ZONE DE RETOUR DISPARAÎT…
Extérieur
Intérieur du donjon
TOUS LES INDIVIDUS PRÉSENTS DANS LE DONJON RÉAPPARAISSENT SIMULTANÉMENT À LA SURFACE… J'AI DONC UNE CHANCE DE CACHER LE FAIT QUE J'ÉTAIS DANS CETTE SALLE !

TU N'AS QU'À DIRE AVOIR VAINCU LE BOSS APRÈS QUE KAZAMI ET LES AUTRES SOIENT TOMBÉS INCONS-CIENTS !
PERSONNE NE VA CROIRE À CETTE EXPLICA... AH !
QUE DIS-TU DE ÇA SINON ?
AVANT QUE NOTRE ÉQUIPE TOMBE K.-O., KAZAMI A LÂCHÉ UNE DERNIÈRE ATTAQUE FOU-DROYANTE...
ELLE A PERCUTÉ DE PLEIN FOUET CELLE DE L'ORC POUR CRÉER UNE VAGUE EXPLOSIVE...
PRÉTENDONS QUE C'EST CETTE EXPLOSION QUI EST VENUE À BOUT DE L'ORC GÉNÉRAL !
PAS MAL...

JE PENSE QUE C'EST L'EXPLICATION LA PLUS CRÉDIBLE !
HUUUM...
PUISQUE TU LE DIS, FAISONS COMME ÇA !
SURTOUT QUE MA BLESSURE NE VA PAS PASSER INAPERÇUE...
J'ESPÈRE QUE TOUT LE MONDE VA AVALER CETTE HISTOIRE...
TU NE CROIS PAS QUE KAZAMI VA VOULOIR SE FAIRE MOUSSER EN ENTENDANT ÇA ?
Prosternez-vous devant les King of Unique !
Vive nous !
JE NE PENSE PAS...
CETTE FOIS...
NOUS AVONS TOUS COMPRIS À QUEL POINT LES DONJONS POUVAIENT SE RÉVÉLER DANGEREUX...
À L'AVENIR, SI NOUS NOUS RETROUVONS FACE À UNE SITUATION SIMILAIRE...

JE TE FAIS LA PROMESSE...
DE LES EMPÊCHER D'AGIR INCONSIDÉRÉMENT !
ENTENDU !
DANS CE CAS, PAS DE PROBLÈME !
BON...
IL NE NOUS RESTE PLUS QU'À RAMASSER LES RÉCOMPENSES...
WIP きょろ
WIP きょろ
AU FAIT, OÙ EST PASSÉ LE CORPS DU CHEVALIER SANS NOM ?
J'AURAIS BIEN AIMÉ RÉCUPÉRER UNE DEUXIÈME ÉPÉE, MOI...

IL A DISPARU PENDANT QUE TU COMBATTAIS L'ORC GÉNÉRAL !
BZUM
SÉRIEUX ?
D'APRÈS LES DIRES DE REI, L'APPARITION DES CHEVA-LIERS SANS NOMS AVAIT ÉTÉ BIZARRE…
IL FAUT CROIRE QU'IL NE S'AGISSAIT PAS D'ADVERSAIRES NORMAUX…
COLLECTONS AU MOINS…
TCHAC
LES PIERRES MAGIQUES !
SPOF

PAR SA TAILLE ET SA PURETÉ…
CETTE PIERRE EST INCOMPARABLE À TOUTES CELLES QUE J'AI VUES JUSQU'À PRÉSENT !
ELLE DOIT VALOIR DES DIZAINES DE MILLIERS D'EUROS !
J'AI GAGNÉ LE DROIT DE LA RÉCUPÉRER, NON ?
BWOF
CR!!!
OUPS !
ÇA COMMENCE !
LE DÉBUT DU TRANSFERT…
CR!!!
AU FAIT !
QUE VAS-TU RÉPONDRE QUAND ON TE DEMANDERA LA RAISON POUR LAQUELLE TU T'ES PRÉCIPITÉ DANS LE DONJON ?
J'AVAIS ZAPPÉ ÇA…
CR!!!
CR!!!

CR!!!
PST
PST
EST-CE QUE JE PEUX METTRE ÇA SUR LE COMPTE DE LA PUBERTÉ ? GENRE, J'AI ÉTÉ PRIS PAR UNE ENVIE PRESSANTE… DE COURIR ?
?
PST
BWUM
VOILÀ COMMENT…
APRÈS AVOIR VAINCU LE BOSS DU DONJON KENZAKI…
NOUS SOMMES REVENUS À L'AIR LIBRE !

BWUF
L'INCIDENT ÉTAT CLOS…
OU PRESQUE !
LES ADMINISTRATEURS DU DONJON ET LES MEMBRES DE LA GUILDE DU CRÉPUSCULE LUNAIRE NOUS ONT PASSÉ UN JOLI SAVON…
ILS NOUS ONT REPROCHÉ D'AVOIR AFFRONTÉ LE BOSS SANS ATTENDRE LES RENFORTS…
ET D'AVOIR PÉNÉTRÉ DANS UN DONJON EN COURS D'EFFONDREMENT…
EN REVANCHE, PERSONNE N'A DOUTÉ DES EXPLICATIONS DE REI À PROPOS DE LA VICTOIRE SUR L'ORC GÉNÉRAL…
FINALEMENT, NOUS AVONS ÉTÉ AUTORISÉS À RENTRER CHEZ NOUS…
ON NOUS A QUAND MÊME PRÉCISÉ QUE NOUS SERIONS PEUT-ÊTRE CONVOQUÉS DANS LES JOURS À VENIR…
PFIOU…

QUELLE JOURNÉE !
TU L'AS DIT !
J'ÉTAIS STUPÉFAITE QUAND TU AS PLONGÉ LA TÊTE LA PREMIÈRE À TRAVERS LE PORTAIL DU DONJON !
TU ÉTAIS TELLEMENT DÉTERMINÉ QUE TU EN AVAIS OUBLIÉ QUE LA PORTE DE LA SALLE DU BOSS ÉTAIT VERROUILLÉE !
OUI, C'EST VRAI...
C'EST UN PEU LA HONTE...
JE NE TROUVE PAS, MOI !

REI ?
JE SUIS HEUREUSE QUE TU SOIS VENU À MON SECOURS...
HEIN ?
HÉ OH...
Chut !
AH !
OUI... BON...
FINALEMENT, ÇA N'A SERVI À RIEN MAIS...
HÉ OH !
HMPF !
PAS LA PEINE DE LE COLLER COMME ÇA, HEIN !
ばっ
GRAB
カッ
OH ?

YU… YUI ?
GWII
LA FAÇON DONT TU RÉAGIS…
ALORS… TOI AUSSI…
JE NE ME LAISSERAI PAS FAIRE, REI !
TZZT
TZZT
TZZT

ELLES S'APPELLENT PAR LEURS PRÉNOMS MAINTENANT ?
CE N'EST PAS TRÈS PRATIQUE POUR MARCHER EN TOUT CAS...
GWSH
GWSH
ENFIN... N'Y PENSONS PLUS...
BON !
ET SI ON Y ALLAIT ?
D'ACCORD !
OK !
AMANE

RIN AMANE
NIVEAU : 3156 SP : 4010
TITRES : CONQUÉRANT DE DONJON (4/10)
(MAÎTRE-BRETTEUR SANS NOM) / EXÉCUTEUR FINAL (ERREUR)
HP : 25280/25280
MP : 1930/6280
ATTAQUE : 6410 ENDURANCE : 5000
VITESSE : 6870 INTELLECT : 4350
PARADE : 4670 CHANCE : 4260
FACULTÉ : TÉLÉPORTATION INTRA-DONJON – NIVEAU 12
RENFORCEMENT PHYSIQUE – NIVEAU MAXIMUM / PUISSANCE – NIVEAU MAXIMUM
SURPUISSANCE – NIVEAU 3 / DÉPLACEMENT RAPIDE – NIVEAU MAXIMUM / GRAND VENT – NIVEAU 3
RENFORCEMENT MAGIQUE – NIVEAU 2 / RÉTABLISSEMENT MAGIQUE – NIVEAU 2 / PERCEPTION – NIVEAU 4
DISSIMULATION – NIVEAU 4 / RÉSISTANCE AUX ALTÉRATIONS D'ÉTAT – NIVEAU 1
ÉVALUATION
COFFRE À OBJETS – NIVEAU 5
EXÉCUTEUR FINAL (ERREUR)
• RÉCOMPENSE UN AVENTURIER VENANT À BOUT D'UN BOSS DE FIN DE DONJON EN SOLO.
• +30 % SUR TOUS LES ATTRIBUTS (HORS HP) LORS DE COMBATS CONTRE DES BOSS DE FIN DE DONJON.
• ERREUR
TOUTES LES CONDITIONS D'ATTRIBUTION NE SONT PAS REMPLIES. RÉCOMPENSE INUTILISABLE JUSQU'À VÉRIFICATION DES CONDITIONS D'ATTRIBUTION.
CE NOUVEAU TITRE… "EXÉCUTEUR FINAL"…
LE NOM FAIT UN PEU FLIPPER…
IL RÉCOMPENSE L'AVENTURIER QUI VIENT À BOUT D'UN BOSS DE FIN DE DONJON EN SOLO…
LES ATTRIBUTS SONT SENSATIONNELS… MAIS MOI, J'AI UN MESSAGE D'ERREUR…
C'EST PEUT-ÊTRE NORMAL ! APRÈS TOUT, JE N'ÉTAIS PAS VRAIMENT TOUT SEUL…

DE TOUTE FAÇON, JE N'AURAI PEUT-ÊTRE PLUS L'OCCASION D'AFFRONTER UN BOSS FINAL...
CONCENTRONS-NOUS PLUTÔT SUR LE TITRE "CONQUÉRANT DE DONJON"...
CONQUÉRANT DE DONJON (4/10)
JE ME DEMANDE CE QUI M'ATTEND QUAND J'AURAI TERMINÉ DIX DONJONS COMPLETS !
QUANT À MA TÉLÉPORTATION INTRA-DONJON...
TÉLÉPORTATION INTRA-DONJON NIVEAU
COMMENT LA FACULTÉ VA ÉVOLUER QUAND J'AURAI ATTEINT LE NIVEAU 20 ?
JE DOIS CONTINUER À PROGRESSER...
JUSQU'À DEVENIR LE PLUS FORT DU MONDE !

LA PLACE DE NUMÉRO 1…
AU-DESSUS DE TOUS LES AUTRES…
AUTREFOIS, CE N'ÉTAIT QU'UN RÊVE INACCES-SIBLE !
MAIS DORÉNAVANT…
JE SAIS QUE J'AI LE POTENTIEL…
POUR Y ARRIVER !

J'AI PARCOURU DU CHEMIN ET SURMONTÉ BIEN DES FRUSTRATIONS…
DEPUIS CE JOUR OÙ, ENFANT, UN AVENTURIER M'A SAUVÉ LA VIE !
J'EN FAIS UNE NOUVELLE FOIS LE SERMENT…
GNII
JE SERAI LE PLUS RAPIDE…
À ATTEINDRE LA PLACE DE L'AVENTURIER LE PLUS PUISSANT DU MONDE !

AILLEURS ...
ENVIRON UNE HEURE APRÈS L'EFFONDREMENT DU DONJON KENZAKI...
PFIUUU
TOC
TOC
QUARTIER GÉNÉRAL DE LA GUILDE DU CRÉPUSCULE LUNAIRE – BUREAU DU MAÎTRE
FRSH
FRSH
FRSH
HOF
VOUS POUVEZ ENTRER !
CLAC
EXCUSEZ-MOI !

TOC
TOC
AH ! C'EST TOI, CLAIRE...
FWASH
MAÎTRE...
GRR

TENEZ-VOUS MIEUX, JE VOUS PRIE !
VOUS DEVEZ DONNER L'EXEMPLE AUX MEMBRES DE LA GUILDE !
NE SOIS PAS SI FORMELLE, VOYONS ! TU PEUX M'APPELER PAPA, TU SAIS ?
SÉPARONS LE PRIVÉ DU PROFESSIONNEL, VOULEZ-VOUS ?
DE TOUTE FAÇON, MÊME EN PRIVÉ, JE NE VOUS APPELLE PAS AINSI !
TCHAC
キッ
SNIF
ザクリ
JE VIENS AU RAPPORT !
EN APPRENANT L'ÉVENTUALITÉ DE L'APPARITION EN SURFACE DU BOSS FINAL DU DONJON KENZAKI, JE ME SUIS RENDUE SUR LES LIEUX…
HEUREUSEMENT, LES AVENTURIERS DÉJÀ PRÉSENTS SUR PLACE SONT PARVENUS À LE VAINCRE…

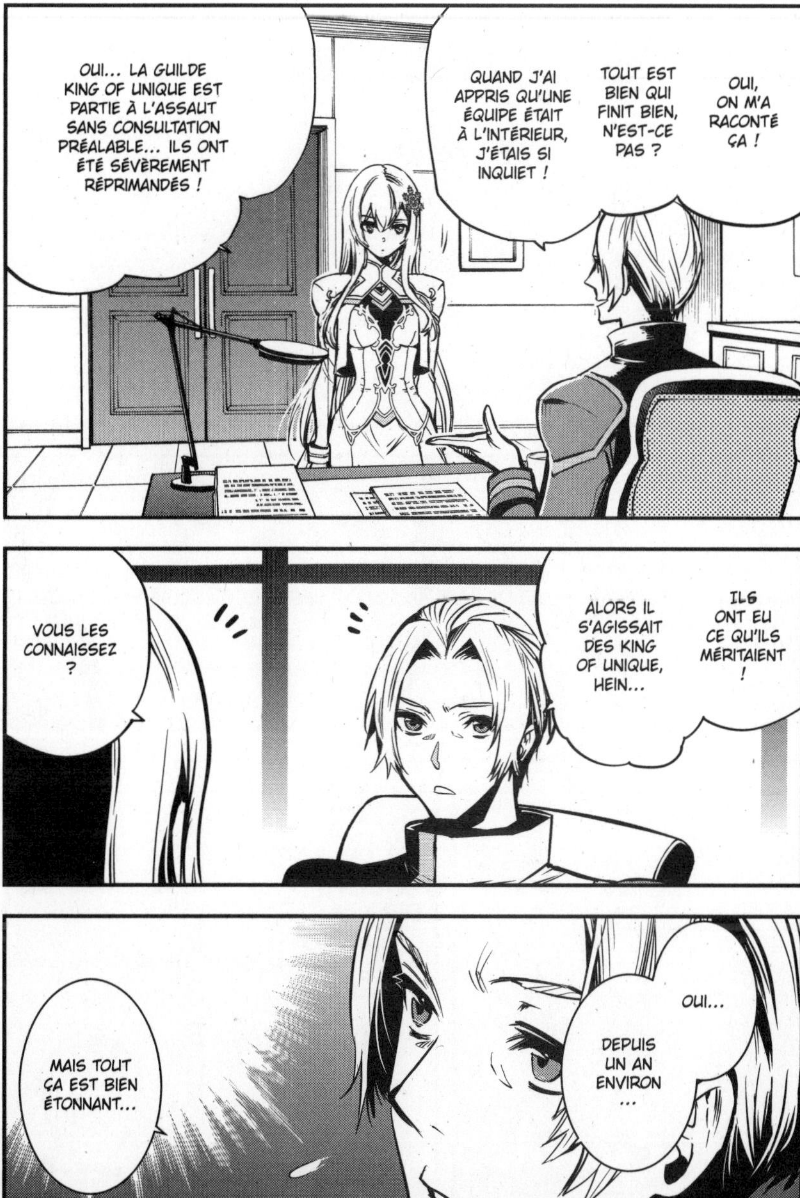
OUI, ON M'A RACONTÉ ÇA !
TOUT EST BIEN QUI FINIT BIEN, N'EST-CE PAS ?
QUAND J'AI APPRIS QU'UNE ÉQUIPE ÉTAIT À L'INTÉRIEUR, J'ÉTAIS SI INQUIET !
OUI... LA GUILDE KING OF UNIQUE EST PARTIE À L'ASSAUT SANS CONSULTATION PRÉALABLE... ILS ONT ÉTÉ SÉVÈREMENT RÉPRIMANDÉS !
ILS ONT EU CE QU'ILS MÉRITAIENT !
ALORS IL S'AGISSAIT DES KING OF UNIQUE, HEIN...
VOUS LES CONNAISSEZ ?
OUI...
DEPUIS UN AN ENVIRON...
MAIS TOUT ÇA EST BIEN ÉTONNANT...

LE PROCESSUS D'EFFONDREMENT DU DONJON ÉTAIT ENTRÉ DANS SA DERNIÈRE PHASE, N'EST-CE PAS ?
JE NE LES AURAIS PAS CRU CAPABLES DE VENIR À BOUT D'UN BOSS DANS DE TELLES CONDITIONS...
ILS S'EN SONT SORTIS IN EXTREMIS APPAREM-MENT...
UN SEUL D'ENTRE EUX ÉTAIT ENCORE CONSCIENT LORSQUE LE BOSS A MORDU LA POUSSIÈRE...
OH !
RIN AMANE, JE SUPPOSE ?
NON...
IL S'AGISSAIT DE REI KUROSAKI, UNE JEUNE FILLE QU'ILS VENAIENT DE RECRUTER...
LEUR LEADER KAZAMI ALORS ?
AH NON... IL A QUITTÉ LEURS RANGS...
UNE MINUTE !
VOUS AVEZ BIEN DIT "RIN AMANE" ?

LORS DE L'EFFONDREMENT DU DONJON…
HORMIS LES KING OF UNIQUE ET NOS GENS…
UN AUTRE AVENTURIER A ÉTÉ TÉLÉPORTÉ À L'EXTÉRIEUR !
JE CROIS BIEN QUE SON NOM ÉTAIT RIN AMANE !
QUE DIS-TU ?
IL AURAIT PARTICIPÉ AU COMBAT CONTRE LE BOSS DE FIN ?
IMPOSSIBLE…
IL EST ENTRÉ DANS L'ENCEINTE DU DONJON…
APRÈS LE DÉBUT DE L'AFFRONTEMENT ENTRE LE BOSS ET LES KING OF UNIQUE !
DES AVENTURIERS DE CHEZ NOUS ASSURENT QUE LA PORTE DE LA SALLE DU BOSS EST RESTÉE CLOSE !
IL N'AVAIT AUCUN MOYEN DE PRENDRE PART AU COMBAT !

SAUF...
SI NOUS IGNORONS CERTAINS ÉLÉMENTS...
?
VOUS CONNAISSEZ CETTE PERSONNE ?
OUI !
IL Y A UN AN, JE L'AI INVITÉ À REJOINDRE NOTRE GUILDE...
MAIS IL A IMMÉDIATEMENT REFUSÉ !
IL A PEUT-ÊTRE PENSÉ QUE J'ÉTAIS UN IMPOSTEUR...
J'ÉTAIS EN REPOS ET JE N'AVAIS PAS DE CARTE DE VISITE OFFICIELLE SUR MOI...

J'IMAGINE QUE, POUR ATTIRER VOTRE ATTENTION…
IL DOIT AVOIR UNE PUISSANCE HORS DU COMMUN !
PAS VRAIMENT, NON…
EN FAIT, IL ÉTAIT PLUTÔT FAIBLE…
IL SEMBLAIT MÊME MÉPRISÉ PAR LES GENS AUTOUR DE LUI…
MAIS ALORS… POURQUOI ?
DISONS QUE SA FACULTÉ SPÉCIALE LAISSAIT ENTREVOIR UN CERTAIN POTENTIEL !
ET PUIS, SON REGARD…

SON...
REGARD ?
OUI !
SON APPARENCE GÉNÉRALE ÉTAIT PARFAITEMENT ORDINAIRE...
À PART SES YEUX !
SON REGARD FIXE ET DROIT TRAHISSAIT UNE DÉTERMINATION SANS FAILLE...
UNE VOLONTÉ PRESQUE EFFRAYANTE ...

OUI...
UN REGARD SEMBLABLE AU TIEN...
CLAIRE !
JE...
VOIS...
MERCI POUR TON RAPPORT !
L'EFFONDREMENT DU DONJON KENZAKI N'A FAIT AUCUNE VICTIME, RÉJOUISSONS-NOUS-EN !
OUI, VOUS AVEZ RAISON...

SUR CE...
JE PRENDS CONGÉ !
CLAC

UN REGARD SEMBLABLE AU MIEN ...
HEIN...

THE WORLD'S FASTEST LEVEL UP

ŒUVRE ORIGINALE : NAGATO YAMATA
ADAPTATION : ATSUSHI SUZUMI
CHARACTER DESIGN : FAME

Chapitre 17

SKILL 17

TOUTE-FOIS...
IL ME RESTE UN REGRET...

…
HMM…
ぽ
PFIUUU
JE CROIS QUE J'AI RÊVÉ D'UNE ÉPOQUE QUI ME REND NOSTALGIQUE…
JE NE PARVIENS PAS À ME RAPPELER LES DÉTAILS…
8 : 12
24,7°C
56 %
HEIN ?

パタ
TAP
JE… JE SUIS EN RETAAARD !
パタ
TAP
BONJOUR, HANA ! EN EFFET, TU N'ES PAS EN AVANCE !
BONJOUR, GRAND FRÈ…
ARGH ! NON !
TU AURAIS PU ME RÉVEILLER QUAND MÊME !
TU DORMAIS SI BIEN, J'AI PRÉFÉRÉ NE PAS TE DÉRANGER !
TU VEUX UN TOAST GRILLÉ ?
ROH ! OUI, MERCI !
ぱくっ
CHOMP
クスッ
HÉ HÉ

SWIT
GRAND FRÈRE ?
TU N'AS PAS LE TEMPS DE TE COIFFER, SI ?
MANGE ! JE M'EN OCCUPE !
D'AC-CORD ...
ÇA FAIT LONG-TEMPS ...
QUE NOUS N'AVIONS PAS EU CE GENRE DE MATINÉE...
PASSONS AUX INFORMATIONS RELATIVES AUX DONJONS...

LA PRÉFECTURE DE XXX CHERCHE DES AVENTURIERS EXPÉRIMENTÉS POUR LA PREMIÈRE EXPLORATION D'UN NOUVEAU DONJON, APPARU DERNIÈREMENT...
DANS UN DONJON DE CLASSE B DES ENVIRONS DE LA CAPITALE...
UN AVENTURIER CAPABLE DE DOMPTER LES CRÉATURES MAGIQUES GRÂCE À SA FACULTÉ SPÉCIALE A TROUVÉ LA MORT DANS DES CIRCONSTANCES ÉTRANGES...
LE JAPON A UN NOUVEL AVENTURIER DE CLASSE S !
RAPPELONS QUE LES AVENTURIERS DE CLASSE S SONT MOINS D'UNE CENTAINE À TRAVERS LE MONDE...
À PARTIR DE L'ANNÉE PROCHAINE, L'ÂGE D'ADMISSION POUR L'ACTIVITÉ D'AVENTURIER SERA BAISSÉ UNE NOUVELLE FOIS...

IL SERA DÉSORMAIS POSSIBLE D'OBTENIR SA LICENCE DÈS SON SEIZIÈME ANNIVERSAIRE…
ENFIN…
CE MOMENT EST ARRIVÉ…
MA DÉCISION EST PRISE DEPUIS LONG-TEMPS…
CE SERA BIENTÔT MON TOUR…
OK ! JE CROIS QUE C'EST BON !

MERCI GRAND FRÈRE !
DE RIEN !
CLANG-
AH ! IL EST DÉJÀ CETTE HEURE-CI ?!?
JE DOIS Y ALLER !
TAP TAP

OK ! FAIS ATTENTION À TOI !
HÉ HÉ
HÉ HÉ
TROIS JOURS ONT PASSÉ DEPUIS L'EF-FONDREMENT DU DONJON KENZAKI…
J'AI REPRIS MON TRAIN-TRAIN QUOTIDIEN…
TCHAK
ET VOILÀ !
150 TOURS !
DONJON ARIKAWA (CLASSE E) – DERNIER SOUS-SOL
RÉCOMPENSES DE FIN DE DONJON… VOUS AVEZ OBTENU 2 LEVEL UP !

VOUS AVEZ ATTEINT LE NOMBRE MAXIMUM D'EXPLORATIONS POUR CE DONJON !
VOUS OBTENEZ 5 LEVEL UP DE BONUS !
AUCUNE RÉCOMPENSE SUPPLÉMENTAIRE NE VOUS SERA PLUS OCTROYÉE DANS CE DONJON !
GWI
ET VOILÀ LE TRAVAIL !
MON CINQUIÈME DONJON TERMINÉ !
CONQUÉRANT DE DONJON (5/10)
• TITRE OFFERT AUX AVENTURIERS AYANT INTÉGRALEMENT TERMINÉ UN DONJON.
• RÉCOMPENSE SPÉCIALE POUR LES AVENTURIERS AYANT TERMINÉ LE NOMBRE DE DONJONS SPÉCIFIÉ.
LE MOMENT TANT ATTENDU...
À QUOI VAIS-JE ALLOUER CES 7 010 POINTS ?

OUI ! POURQUOI HÉSITER ?
TÉLÉPORTATION INTRA-DONJON – NIVEAU 12
TCHIP
KO
AVEC 6 000 SP, JE PEUX MONTER DE TROIS NIVEAUX D'UN COUP !
LA FACULTÉ "TÉLÉPORTATION INTRA-DONJON" A ATTEINT LE NIVEAU 13 !
LA DISTANCE DE TÉLÉPORTATION A ÉTÉ MODIFIÉE !
ELLE EST PASSÉE DE 50 MÈTRES À 100 MÈTRES !
LA FACULTÉ "TÉLÉPORTATION INTRA-DONJON" A ATTEINT LE NIVEAU 14 !
SON COÛT EN POINTS DE MAGIE A ÉTÉ MODIFIÉ !
IL EST PASSÉ DE 3 MP X DISTANCE À 2 MP X DISTANCE !
LA FACULTÉ "TÉLÉPORTATION INTRA-DONJON" A ATTEINT LE NIVEAU 15 !
LA DISTANCE DE TÉLÉPORTATION A ÉTÉ MODIFIÉE !
ELLE EST PASSÉE DE 100 MÈTRES À 200 MÈTRES !

"TÉLÉPORTATION INTRA-DONJON - NIVEAU 15"
COÛT EN MP : 2 MP X DISTANCE (MÈTRES)
USAGE : LA FACULTÉ N'EST UTILISABLE QUE DANS L'ENCEINTE DU DONJON OÙ SE TROUVE L'AVENTURIER
DISTANCE DE TÉLÉPORTATION : 200 MÈTRES MAXIMUM
DURÉE DE TÉLÉPORTATION : 1 SECONDE X DISTANCE (MÈTRES)
APPLICATION : L'UTILISATEUR ET LES OBJETS QU'IL PORTE SUR LUI
C'EST À PEU PRÈS LA PROGRESSION QUE J'ESPÉRAIS...
MAINTENANT, IL ME FAUT ATTEINDRE LE NIVEAU 20 !

IL ME RESTE ENCORE CINQ DONJONS À TERMINER !
OK !

À PARTIR DE DEMAIN, JE METS LES BOUCHÉES DOUBLES !
YEAH !
AMANE
J'AVAIS OUBLIÉ LE SPAN...
IL A TERMINÉ TOUS LES DONJONS DANS LESQUELS IL A DÉJÀ POSÉ UN PIED...
FUUUM

J'AURAIS DÛ PÉNÉTRER DANS UN AUTRE DONJON AVANT DE TERMINER LE KENZAKI...
BON... PAS GRAVE !
JE VAIS EN PROFITER POUR PASSER UNE JOURNÉE TRANQUILLE !
SPOF
AU BOUT DE TROIS JOURS À ME TOURNER LES POUCES...
RIN AMANE
NIVEAU : 3457 SP : 1010
TITRES : CONQUÉRANT DE DONJON (5/10)
MAÎTRE-BRETTEUR SANS NOM / EXÉCUTEUR FINAL (ERREUR)
HP : 27680/27680
MP : 6890/6890
ATTAQUE : 6980 ENDURANCE : 5460
VITESSE : 7470 INTELLECT : 4810
PARADE : 5130 CHANCE : 4720
FACULTÉ : TÉLÉPORTATION INTRA-DONJON – NIVEAU 15
RENFORCEMENT PHYSIQUE – NIVEAU MAXIMUM / PUISSANCE – NIVEAU MAXIMUM
SURPUISSANCE – NIVEAU 3 / DÉPLACEMENT RAPIDE – NIVEAU MAXIMUM / GRAND VENT – NIVEAU 3
RENFORCEMENT MAGIQUE – NIVEAU 2 / RÉTABLISSEMENT MAGIQUE – NIVEAU 2 / PERCEPTION – NIVEAU 4
DISSIMULATION – NIVEAU 4 / RÉSISTANCE AUX ALTÉRATIONS D'ÉTAT – NIVEAU 1
ÉVALUATION
COFFRE À OBJETS – NIVEAU 5
REI M'A CONTACTÉ...
Cafe
OPEN
10 : 30–22 : 00
RIN, PAR ICI !

DÉSOLÉ ! TU M'ATTENDS DEPUIS LONG-TEMPS ?
CLANG
NON, J'ARRIVE À L'INSTANT !
OUI.
OH !
JE VOIS...
C'EST COMME ÇA QU'IL FAUT RÉPONDRE ALORS...
FRANCHISE
HÉ ! NORMALEMENT, TU ES CENSÉ DIRE "NON, NON, PAS DU TOUT !" LÀ !
DÉSOLÉE POUR MON MESSAGE SOUDAIN...
JE NE TE DÉRANGE PAS AU MOINS ?
NON, NON, ÇA VA !

EN FAIT, MOI AUSSI JE VOULAIS TE VOIR, REI !
POUR PRENDRE DES NOUVELLES DE KAZAMI, ENTRE AUTRES CHOSES…
DODOM
ドキ
FWAAASH
かあああ
!
A-A-AH BON ?
ALORS TANT MIEUX !
?
TU ES MALADE ?
TU ES TOUTE ROUGE !
WAH
あわわわ
WAH
あわ
ALORS…
TOC
コト…

KING OF UNIQUE...
A ÉTÉ DISSOUS ?
KAZAMI NOUS EN A PARLÉ HIER...
IL A PRÉSENTÉ SES EXCUSES POUR LE DANGER QU'IL NOUS A FAIT COURIR...
L'INCIDENT LUI A FAIT RÉALISER QU'IL N'ÉTAIT PAS DIGNE D'ÊTRE UN LEADER ALORS IL A DISSOUS L'ÉQUIPE !
IL A VRAIMENT DIT ÇA ?
JE L'IMAGINAIS PLUTÔT DU GENRE À S'ACCAPARER TOUS LES LAURIERS...
OUI !

JUSQU'À PRÉSENT, SA FACULTÉ UNIQUE…
LUI AVAIT TOUJOURS ÉVITÉ DE SE RETROUVER FACE À UN VRAI DAN-GER !
APPAREMMENT, IL A PRIS CONSCIENCE DU PÉRIL D'ÊTRE UN AVENTURIER LORS DE SON EXPÉRIENCE AU DONJON KENZAKI !
EN OUTRE, IL A EU PEINE À CROIRE AVOIR VAINCU L'ORC GÉNÉRAL LUI-MÊME !
IL SE DOUTE DE QUELQUE CHOSE ?
NE T'INQUIÈTE PAS !
JE CROIS QU'IL A FINI PAR ADMETTRE MA VERSION DES FAITS… MAIS IL PARLE D'UN HEUREUX HASARD…
TOUT VA BIEN…

JE VOIS…
MÊME POUR LUI, CETTE ÉPREUVE A ÉTÉ UN VRAI CHOC…
LES DONJONS ACTUELS SONT ORGANISÉS DE FAÇON À ÊTRE LE PLUS SÛR POSSIBLE POUR LES AVENTURIERS…
IL EST DEVENU EXTRÊMEMENT RARE DE SE TROUVER EN DANGER DE MORT…
COMBIEN D'ENTRE NOUS SERAIENT CAPABLES DE SE RELEVER APRÈS UNE TELLE ÉPREUVE…
ET DE CONTINUER L'EXPLORATION DE DONJONS ?
MAIS ALORS… TU TE RETROUVES SANS PARTENAIRE ?
TU SAIS DÉJÀ CE QUE TU VEUX FAIRE ENSUITE ?
OUI…

JE VAIS POURSUIVRE MA CARRIÈRE D'AVENTURIÈRE !
J'AI DÉFINI UN NOUVEL OBJECTIF PERSONNEL !
AH BON ?
JE NE PEUX PAS T'EN PARLER...
OK...
FAIS ATTENTION À TOI, D'ACCORD ?
OUI...

…
…
EN RÉALITÉ…
J'AIMERAIS LUI PROPOSER DE FORMER UNE ÉQUIPE AVEC MOI…
MALHEU-REUSEMENT, C'EST TROP COMPLIQUÉ…
MA FACULTÉ SPÉCIALE NE PERMET PAS DE TÉLÉPORTER QUELQU'UN D'AUTRE AVEC MOI…
NOUS SAVONS L'UN ET L'AUTRE QU'ELLE NE FERAIT QUE ME RALENTIR…
AH OUI ! J'ALLAIS OUBLIER…
ガサ FRSH
ガサ FRSH
J'AI ÇA POUR TOI…

SWIT
HM ?
QU'EST-CE QUE C'EST ?
DES ENVELOPPES ?
EUH... REI ?
C'EST DE L'ARGENT...
45 000 EUROS EN TOUT...
45 000 ?!?
VLAP
ATTENDS, ATTENDS, ATTENDS ! POURQUOI TU ME DONNES ÇA ?
TU ME FICHES LA TROUILLE, LÀ !
ÉCOUTE-MOI...

LA DERNIÈRE FOIS, TU NOUS AS OFFERT DES POTIONS DE TRÈS GRANDE QUALITÉ…
UNE SEULE DE CES FIOLES VAUT AU MOINS 10 000 EUROS…
JE TIENS À TE REMBOURSER !
J'AI EXPLIQUÉ AUX AUTRES QUE CES POTIONS M'APPARTENAIENT…
ILS M'ONT DÉDOMMAGÉE !
JE VOIS…
MOI, JE N'AI RÉUSSI À RÉUNIR QUE LA MOITIÉ DE LA SOMME…
JE TE RENDRAI LE RESTE DÈS QUE JE LE POURRAI !

ENTENDU...
PUISQUE C'EST ÇA, J'ACCEPTE CES ENVELOPPES !
CE SERAIT MÊME IMPOLI DE REFUSER !
MERCI, RIN !
ÇA SEMBLE UN PEU DÉPLACÉ DE DIRE ÇA MAIS... DE RIEN !
EN FAIT...
...
...
DIS, RIN...

OUI ?
FUUM
もじ
FUUM
もじ
EUH...
SI TU ES D'ACCORD...
J'AIMERAIS QU'ON REFASSE UN DONJON ENSEMBLE, UN JOUR...
TU AS RAISON...
ÇA ME PLAIRAIT AUSSI !

À PLUS TARD...
REI !
OUI !
À BIENTÔT ...
RIN !
Cafe

UN JOUR...
PROCHE OU LOINTAIN...
JE SUIS SÛR QUE...
QUELQUE PART...

NOS CHEMINS SE CROISERONT À NOUVEAU !

J'AI HÂTE !

THE WORLD'S FASTEST LEVEL UP

ŒUVRE ORIGINALE : NAGATO YAMATA
ADAPTATION : ATSUSHI SUZUMI
CHARACTER DESIGN : FAME

DONJON MARÔ (CLASSE C)
MAINTE-NANT, LE COUP DE GRÂCE !
TCHAC
ROI-LOUP ARC-EN-CIEL
• NIVEAU 3000
• CRÉATURE MAGIQUE AU PELAGE MULTICOLORE.
• CAPABLE DE MOUVEMENTS RAPIDES MALGRÉ SA GRANDE TAILLE. UTILISE DIFFÉRENTES CATÉGORIES DE MAGIE POUR SES ATTAQUES.

LA PÉRIODE DE SPAN AYANT PRIS FIN, JE ME SUIS EMPLOYÉ À ENTRER DANS DIX DONJONS DIFFÉRENTS...
AFIN DE NE PLUS ÊTRE BLOQUÉ MALGRÉ MA TÉLÉPORTATION INTRA-DONJON !
AU-JOURD'HUI, ME VOICI AU DONJON MARÔ...

JE VIENS D'EN TERRASSER LE BOSS, UNE CRÉATURE MAGIQUE QU'ON NE PEUT AFFRONTER QU'APRÈS AVOIR RÉUNI 9 PIERRES MAGIQUES DE DIFFÉRENTES COULEURS...
EN RÉCOMPENSE, JE RÉCUPÈRE L'ANNEAU DE MARÔ...
SPOF
OOH !
EN VOILÀ UN ARTEFACT PUISSANT !
ANNEAU DE MARÔ
·RÉCOMPENSE L'AVENTURIER QUI VIENT À BOUT DU ROI-LOUP ARC-EN-CIEL
·NIVEAU RECOMMANDÉ POUR UTILISATION : NIVEAU 3000
·-15 % DE DÉGÂTS SUBIS PAR LES MAGIES DE TYPE FEU – EAU – VENT – TERRE – OMBRE
·-15 % DE DÉGÂTS SUBIS PAR LES POISONS, SOMNIFÈRES ET DROGUES.
J'ACCUMULE LES POINTS D'EXPÉRIENCE...
LE DONJON MARÔ REJOINT MA LISTE DE DONJONS TERMINÉS...
JE RENFORCE MES FACULTÉS DE PUISSANCE, DE GRAND VENT ET DE TÉLÉPORTATION...
RIN AMANE
NIVEAU : 5154 SP : 6010
TITRES : CONQUÉRANT DE DONJON (6/10)
MAÎTRE-BRETTEUR SANS NOM / EXÉCUTEUR FINAL (ERREUR)
HP : 40860/40860
MP : 10680/10680
ATTAQUE : 10030 ENDURANCE : 8260
VITESSE : 10670 INTELLECT : 7630
PARADE : 7730 CHANCE : 7220
FACULTÉ : TÉLÉPORTATION INTRA-DONJON – NIVEAU 16
RENFORCEMENT PHYSIQUE – NIVEAU MAXIMUM / PUISSANCE – NIVEAU MAXIMUM
SURPUISSANCE – NIVEAU 5 / DÉPLACEMENT RAPIDE – NIVEAU MAXIMUM / GRAND VENT – NIVEAU 5
RENFORCEMENT MAGIQUE – NIVEAU 2 / RÉTABLISSEMENT MAGIQUE – NIVEAU 2 / PERCEPTION – NIVEAU 4
DISSIMULATION – NIVEAU 4 / RÉSISTANCE AUX ALTÉRATIONS D'ÉTAT – NIVEAU 4
ÉVALUATION
COFFRE À OBJETS – NIVEAU 5

Chapitre 18

SKILL 18

TU ES LIBRE CE WEEK-END ?
JE PEUX ME LIBÉRER, OUI...
SUPER ! PRÉPARE UNE TENUE SPORTIVE ALORS !
?
HEIN ? BON, D'ACCORD...
ELLE VA ENCORE ME FAIRE PORTER SES SACS DE SHOPPING ?

APRÈS TOUT, ÇA NE PEUT PAS FAIRE DE MAL UNE JOURNÉE COMME ÇA DE TEMPS EN TEMPS !

LE WEEK-END ARRIVÉ...
NOUS Y VOILÀ !

とｰーん TADAM
DONJON SUMIFUKU (CLASSE E)
HEIN ?!?
UN DONJON ? MAIS POUR QUOI FAIRE ?
HÉ OH !
PAS LA PEINE DE CRIER, HEIN !

MAIS ! JE CROYAIS QU'ON ALLAIT AU CENTRE COMMERCIAL, MOI !
AH BON ? JE NE T'AVAIS PAS DIT ?
EN FAIT...
PLACE À QUELQUES EXPLICATIONS À PROPOS DES DONJONS...
AU JAPON, L'ÂGE LÉGAL POUR S'AVENTURER DANS UN DONJON ÉTAIT FIXÉ À 18 ANS...
CEPENDANT, LE NOMBRE D'AVENTURIERS DE HAUT NIVEAU AYANT UNE INFLUENCE SUR LA PUISSANCE POLITIQUE D'UN PAYS...
ON A DÉCIDÉ D'ABAISSER L'ÂGE MINIMUM À 17 ANS L'AN DERNIER...
16 ans
PUIS, CETTE ANNÉE...
LE JAPON S'EST ALIGNÉ SUR LA NORME INTERNATIONALE AVEC UN ÂGE LÉGAL DE 16 ANS !

À PARTIR DE CET ÂGE, ON PEUT SUIVRE UNE FORMATION THÉORIQUE, PREMIÈRE ÉTAPE POUR OBTENIR SA LICENCE D'AVENTURIER...
À L'ÉPOQUE DE RIN, IL FALLAIT D'ABORD FINIR LE LYCÉE ET SUIVRE PLUSIEURS CURSUS DIFFÉRENTS.
DÉSORMAIS, LA FORMATION EST MÊME PROPOSÉE AU SEIN DES ÉTA-BLISSEMENTS SCOLAIRES...
Formulaire d'inscription au cursus pour l'obtention de licence d'aventurier
Ne souhaite pas s'inscrire
Souhaite s'inscrire
VOILÀ COMMENT HANA A PU S'INSCRIRE !
MAIS POURQUOI VENIR ICI ?
À LA FIN DE LA PREMIÈRE PARTIE DE LA FORMATION, LES APPRENTIS AVENTURIERS OBTIENNENT UNE AUTORISATION SPÉCIALE...
AUJOURD'HUI, J'AI LE DROIT D'ENTRER DANS UN DONJON POUR LA PREMIÈRE FOIS ! IL FAUT SEULEMENT QUE JE SOIS ACCOMPAGNÉE D'UNE PERSONNE DE L'ADMINISTRATION...
OU PAR UN AVENTURIER EXPÉRIMENTÉ DE MA CONNAIS-SANCE !

JE COMPRENDS MIEUX…
MAIS TU AURAIS DÛ ME PRÉVENIR !
SI J'AVAIS ÉTÉ AU BEAU MILIEU D'UN SPAN, COMMENT AURAIS-TU FAIT ?
FWAAAH
UN SPAN ?
EUH...
ELLE A VRAIMENT SUIVI DES COURS ?
BREF, LES PARTICIPANTS ATTENDENT LÀ-BAS !
DÉPÊCHONS-NOUS !
OK, OK ! J'AI COMPRIS !
BLA
BLA
BLA

BLA
BLA
IL Y A PAS MAL DE MONDE !
CETTE SESSION EST OUVERTE À PLUSIEURS ÉTABLISSEMENTS DIFFÉRENTS !
BLA
JE VAIS FAIRE L'APPEL POUR L'EXERCICE PRATIQUE D'EXPLORATION !
LES ACCOMPAGNANTS SONT PRIÉS DE DONNER LEUR STATUT !
CONTENTEZ-VOUS DE DONNER VOTRE NOM ET VOTRE NIVEAU !
ARGH !
QU'Y A-T-IL ?
EUH... NON... RIEN !
ALORS, ALLONS-Y !
AH... OK...
MINCE !

KAZAMI AVAIT ATTIRÉ L'ATTENTION SUR LUI AVEC SON NIVEAU 2 000 ATTEINT EN À PEINE UNE ANNÉE…
LA SITUATION RISQUE D'ÊTRE ÉPINEUSE SI J'ANNONCE QUE JE SUIS DÉJÀ AU-DESSUS DES 5 000…
C'EST UN COUP À ÉVENTER LE SECRET DE MA TÉLÉPORTATION INTRA-DONJON, ÇA !
IL FAUT QUE JE TROUVE UN MOYEN D'ESQUIVER LA QUESTION…
HANA, ATTENDS UNE MINUTE !
JE SORS MON ÉCRAN DE STATUT !
OUVERTURE DU STATUT !
BZZT
OK !
LISTE DES FACULTÉS…
FSH
FSH
FSH
AH ! LA VOILÀ !

OBREPTION NIVEAU 1 (5000 SP REQUIS)
"OBREPTION" EST UNE FACULTÉ AVANCÉE...
QUI PERMET DE FALSIFIER SON STATUT !
MAIS SON UTILISATION PEUT SE RÉVÉLER PROBLÉMATIQUE...
CERTAINS S'EN SONT DÉJÀ SERVIS POUR INFILTRER DES GUILDES DE NIVEAU INFÉRIEUR ET PILLER LEURS OBJETS MAGIQUES...
LV 3000
ON PEUT ÉGALEMENT IMAGINER ENTRER DANS UNE GUILDE D'UN NIVEAU TROP ÉLEVÉ...
AUSSI, SON UTILISATION EST THÉORIQUEMENT PROHIBÉE PAR LA COMMUNAUTÉ DES AVENTURIERS !

PERSONNE NE POURRA VÉRIFIER QUE JE POSSÈDE CETTE FACULTÉ…
ET PUIS, SON ACQUISITION N'EST PAS UN DÉLIT…
EN OUTRE, JE NE VAIS PAS L'UTILISER POUR CAUSER DU TORT À QUELQU'UN…
ALLEZ, JE LA PRENDS !
J'AI BIEN FAIT DE GARDER DES SP DE CÔTÉ !
BIP
TSAP TSAP
JE N'AI PLUS QU'À MODIFIER MES NIVEAUX…
TU EN AS ENCORE POUR LONG-TEMPS ?
BLA
ON DOIT Y ALLER !
BLA
BLA
VOUS ÊTES SUR LA LISTE ?

JE M'APPELLE KATAGIRI, JE SUIS MEMBRE DE L'ADMINISTRATION !
JE PEUX VOUS DEMANDER VOS NOMS ?
JE SUIS HANA AMANE ! ENCHANTÉE !
C'EST MON GRAND FRÈRE, RIN !
IL M'ACCOMPAGNE POUR LA JOURNÉE !
JE PEUX VÉRIFIER VOTRE STATUT ?
BIEN SÛR !
SWIT
RIN AMANE
NIVEAU 1034
MERCI DE VOTRE COLLABORATION !
NOUS EXPLORONS UN DONJON DE RANG E AUJOURD'HUI…
AVEC UN TEL NIVEAU, VOUS N'AVEZ PAS DE SOUCI À VOUS FAIRE !
JE TIENS TOUT DE MÊME À PRÉCISER QUE MON NIVEAU DÉPASSE 7 000… EN CAS D'IMPRÉVU, VOUS SEREZ DONC EN SÉCURITÉ AVEC MOI !
OUF ! ME VOILÀ RASSURÉ !

JE SUIS ÉGALEMENT ÉPAULÉ PAR DE JEUNES RECRUES DE RANG C DE NOTRE ORGANISATION !
CERTAINS SONT TRÈS DOUÉS...
AH ! ÇA TOMBE BIEN !
YANAGI, VIENS PAR ICI !
AH ! OUI !
QU'EST-CE QU'IL Y A ?
JE VAIS FAIRE LES PRÉSENTATIONS...
VOICI YANAGI, UN JEUNE DIPLÔMÉ DE L'UNIVERSITÉ QUI VIENT DE REJOINDRE NOS RANGS !
NOUS SOMMES FIERS DE L'AVOIR RECRUTÉ, SON NIVEAU DÉPASSE 5 000 !
IL SERA À L'INTÉRIEUR DU DONJON AUJOURD'HUI !
JE M'APPELLE YANAGI !
JE COMPTE SUR VOTRE COLLABORATION !
TSUP

OUI ! MERCI À VOUS !
SWIT
GNII
HUM...
QU'Y A-T-IL ?
ぱっ VLAP
NON, RIEN !
TOUT VA BIEN, SOYEZ RASSU-RÉS !
?
BON... PASSONS...
TOUT LE MONDE ! EN TENUE !

TADAM
REGARDE, GRAND FRÈRE !
L'ADMINIS-TRATION A PRÉPARÉ ÇA POUR MOI !
ILS DÉTERMINENT QUELLE TENUE EST LA PLUS ADAPTÉE À CHAQUE ÉLÈVE DURANT L'APPRENTISSAGE THÉORIQUE !
LA PRÉPA-RATION EST COMPLÈTE !
DE MON TEMPS, CE N'ÉTAIT PAS COMME ÇA !
Sa tenue était dans son coffre à objets
JE SUIS UN PEU JALOUX...

ÉCOUTEZ TOUS !
NOUS ALLONS MAINTENANT PÉNÉTRER DANS LE DONJON !
METTEZ-VOUS EN RANG S'IL VOUS PLAÎT !
BLA
BLA
BLA
CE DONJON FAIT PARTIE DE CEUX QUE J'AI PARCOURUS DERNIÈREMENT...
TÉLÉPORTATION INTRA-DONJON !
J'UTILISE LA TÉLÉPORTATION DISCRÈTEMENT POUR PASSER LE PORTAIL COMME TOUT LE MONDE...
ME VOILÀ DANS LE HALL !
VOICI LE MOMENT QUE VOUS ATTENDIEZ TOUS !
EN FONCTION DE VOS PERFORMANCES, VOUS POURREZ ACQUÉRIR VOTRE PROPRE STATUT D'AVENTURIER !

WAAAH
COMME VOUS LE SAVEZ, VOUS DEVEZ BATTRE UNE CRÉATURE MAGIQUE POUR CELA !
CEPENDANT, LA PROBABILITÉ D'Y PARVENIR N'EST QUE DE 10 % !
JE COMMENCE À M'INQUIÉTER…
JE N'AI PAS FAIT TOUT CE CHEMIN POUR RIEN !
JE VAIS OBTENIR CE STATUT !
FAITES QUE J'OBTIENNE UNE FACULTÉ SPÉCIALE !
JE COMPRENDS LA PRESSION QU'ILS RESSENTENT…
BRR
BRR
BRR
SWIT
LES PROCHAINS INSTANTS VONT DÉCIDER DE LEUR AVENIR…

GRAND FRÈRE ?
NE STRESSE PAS TANT !
OBTENIR UN STATUT D'AVENTURIER N'EST QU'UNE QUESTION DE CHANCE !
BON, JE NE SAIS PAS TROP SI ÇA TE RASSURE CE QUE JE TE DIS LÀ…
N'IMPORTE QUOI !
SI TU VEUX M'ENCOURAGER, FAIS ÇA BIEN AU MOINS !
DÉ… DÉSOLÉ !
PAS GRAVE… ET PUIS, JE ME SENS DÉJÀ UN PEU PLUS EN CONFIANCE !
MERCI !
OH
MAIS AU FAIT…

POURQUOI HANA TIENT-ELLE À DEVENIR UNE AVENTURIÈRE, ELLE AUSSI ?
ELLE NE M'EN AVAIT JAMAIS PARLÉ JUSQU'À PRÉSENT…
NOUS ALLONS FORMER DES GROUPES DE TROIS AVENTURIERS, CHACUN ACCOMPAGNÉ PAR UN GUIDE !
LE RESTE DE LA TROUPE ATTENDRA ICI !
CEUX D'ENTRE VOUS QUI SONT VENUS AVEC UN AVENTURIER DE CLASSE D OU SUPÉRIEURE PEUVENT Y ALLER !
N'OUBLIEZ PAS QUE LES ACCOMPAGNATEURS DOIVENT ME MONTRER LEUR STATUT !
HMPF !
ELLE A LE CHOIX DONC…
BLA
TU PRÉFÈRES QUOI, HANA ?
HM… COMMENT FAIRE ?
JE N'AI PAS TROP ENVIE D'ÊTRE OBSERVÉE…
ALLONS-Y JUSTE TOUS LES DEUX !
BLA
BLA
TOC
TOC

PWSH
!
FWSHHH
GRAND FRÈRE, EST-CE QUE CE SERAIT…
OUI !
SON APPARENCE DIFFÈRE UN PEU DE SA VERSION LA PLUS CONNUE MAIS…
C'EST BIEN UN SLIME !
PWSHHH

ÉVALUATION...
PWSH
PWSH
OUI... ÇA, TU DOIS POUVOIR L'AFFRONTER SEULE !
SLIME ROUX
NIVEAU 1
CRÉATURE MAGIQUE À LA FOIS VISQUEUSE ET TRANSLUCIDE.
SES ATTAQUES SONT PEU PUISSANTES. LA DESTRUCTION DE SON NOYAU PROVOQUE SA DISPARITION.
TU VOIS LA BOULE ROUGE AU MILIEU ?
IL S'AGIT DE SON NOYAU, UNE PIERRE MAGIQUE EN FAIT... IL FAUT LE DÉTRUIRE POUR QUE LE SLIME DISPARAISSE !
GLUP
OH... D'ACCORD !

JE VAIS
ESSAYER !
TCHAC
BZUM
KYAH !
TCHAK

!!!
SPLOTCH
JE...
JE L'AI EU ?
!!!
TING

OBTENTION DE STATUT ?
POINTS D'EXPÉRIENCE… LEVEL UP ?
GRAND FRÈRE, J'ENTENDS UNE VOIX BIZARRE !
DANS MA TÊTE !!!
ÇA SIGNIFIE QUE TU AS TON STATUT D'AVENTU-RIER !
FÉLICI-TATIONS, HANA !
JE VOIS !
JE…
ALORS J'AI RÉUSSI…

FLAP
FLAP
C'EST TROP GÉNIAAAL !
FLAP
BWUM
BWUM
EH BIEN, ON S'EN CONTENTERA !
CE N'ÉTAIT PAS LE COMBAT LE PLUS ÉPIQUE, MAIS BON…
C'EST MAINTENANT LE MOMENT CRUCIAL !
LA SUITE DÉPENDRA DES FACULTÉS QUE TU AS OBTENUES…
AH OUI !
VOYONS VOIR…
PST
OUVERTURE DU STATUT…
ALLEZ !
OUI, VOILÀ ! OUVERTURE DU STATUT !
BZZZT

VLAP
WOUAH ! SUPER !
CE TRUC EST APPARU !
REGARDE, GRAND FRÈRE !
KYAH
KYAH
BON...
OUI, OUI ! JE SAIS !
REGARDONS SES FACULTÉS...
FWIT
EST-ELLE PLUTÔT PHYSIQUE, MAGIQUE OU...

HEIN ?
PIP
HANA AMANE
NIVEAU : 2 SP : 100
HP : 15/15
MP : 5/5
PUISSANCE : 3 ENDURANCE : 3
VITESSE : 3 INTELLECT : 5
PARADE : 3 CHANCE : 3
FACULTÉS : STOCK - NIVEAU 1 / RENFORCEMENT PHYSIQUE - NIVEAU 3 / MANIPULATION MAGIQUE - NIVEAU 3 / RENFORCEMENT MAGIQUE - NIVEAU 5
Renforcement physique niveau 3
Manipulation magique
Renforcement magique niveau 5
RENFORCEMENT PHYSIQUE NIVEAU 3, MANIPULATION MAGIQUE NIVEAU 3, RENFORCEMENT MAGIQUE NIVEAU 5...
ELLE POSSÈDE DÉJÀ TROIS FACULTÉS ALORS QU'UNE SEULE SUFFIRAIT ?!?
MAIS SURTOUT...

FACULTÉ : STOCK NIVEAU 1
LE NOM DE CETTE FACULTÉ...
JE N'EN AI JAMAIS ENTENDU PARLER !
ÇA VEUT DIRE QUE...
GRAND FRÈRE ?

C'EST UNE FACULTÉ SPÉCIALE !

ENDURANCE : 3
INTELLECT : 5
CHANCE : 3
RENFORCEMENT PHYSIQUE NIVEAU 3 / MANIPULATION
NIVEAU 3 / RENFORCEMENT MAGIQUE NIVEAU 5
HEIN ?
ité : stock niveau

REMERCIEMENTS À MON STAFF,
INAGI KAZAMORI, K.K., KODAMA ET SEKINE !

Soleil Manga
6/8 Rue Léon Jouhaux
75010 Paris - France
manga@soleilprod.com

SEKAI SAISOKU NO LEVEL UP Vol.3

First published in Japan in 2023 by KADOKAWA CORPORATION, Tokyo.
French translation rights arranged with KADOKAWA CORPORATION, Tokyo, through TUTTLE-MORI AGENCY, INC., Tokyo.

Cover design : Kai Sugiyama

Conception graphique :
Studio Delcourt/Soleil - Solène Pichereau
Traduction : Guillaume Mistrot
Lettrage : Studio Charon
Dépôt légal : Avril 2024
ISBN : 978-2-302-10091-6
Impression : Ercom - Italie

6/8 rue Léon Jouhaux
75010 Paris - France